La niñera dijo: «Es hora de ir a la cama»

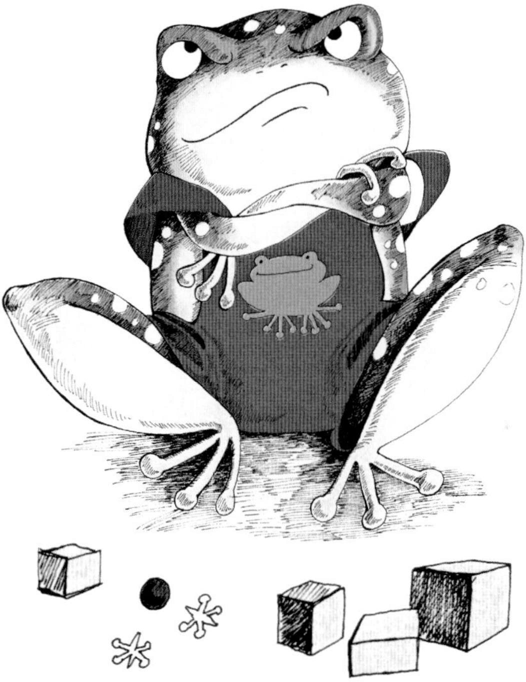

PEGGY PERRY ANDERSON

— TRADUCIDO POR CARLOS E. CALVO —

Green Light Readers/Colección Luz Verde

Houghton Mifflin Harcourt

Boston New York

Spanish translation by Carlos E. Calvo

First Green Light Readers Edition 2012

www.hmhco.com

The Library of Congress has cataloged the hardcover edition as follows:
Anderson, Peggy Perry.
"Time for bed," the babysitter said.
p. cm.
Summary: Not even his babysitter's most strenuous efforts can convince Joe the frog to go to bed.
[1. Frogs—Fiction. 2. Bedtime—Fiction. 3. Babysitters—Fiction.]
I. Title.
PZ7.A54874Ti 1987 [E] 86-27388

ISBN: 978-0-395-41851-2 hardcover
ISBN: 978-0-547-85061-0 GLR paperback
ISBN: 978-0-544-80895-9 Spanish edition GLR paperback
ISBN: 978-0-544-80896-6 Spanish edition GLR paper over board

Manufactured in China
SCP 10 9 8 7 6 5 4 3 2 1

4500619611

A mi papá, Buzz Perry, que siempre me decía:
«Quizás algún día dibujes ilustraciones para
libros infantiles».

—Es hora de ir a la cama
—dijo la niñera.

—No —dijo Joe.

—Dije que es hora de ir a la cama.

Pero Joe dijo:
—¡No!

—Vamos, dormilón,
es hora de ir a la cama.

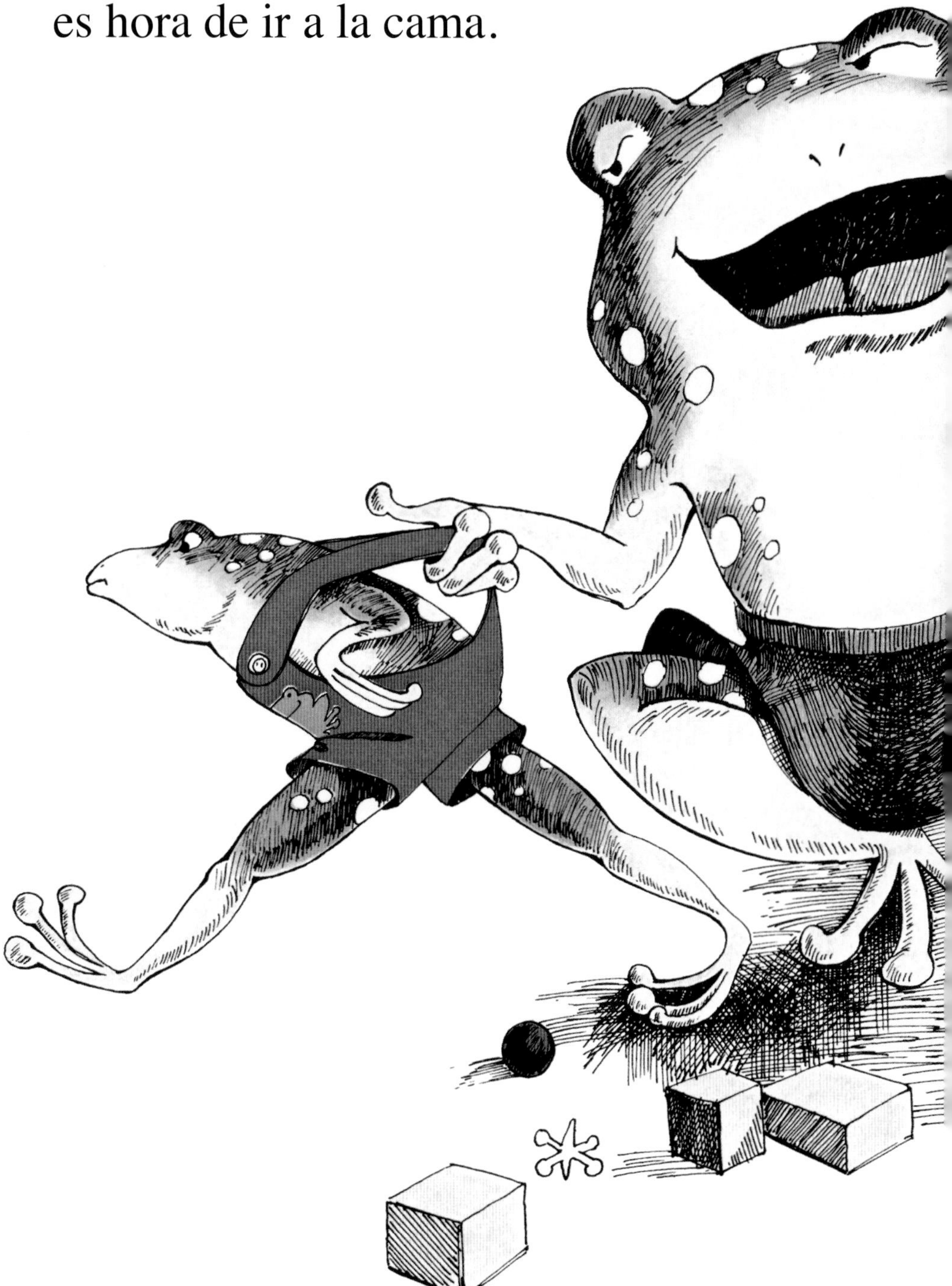

—¡No!

—¡No!

—¡No!

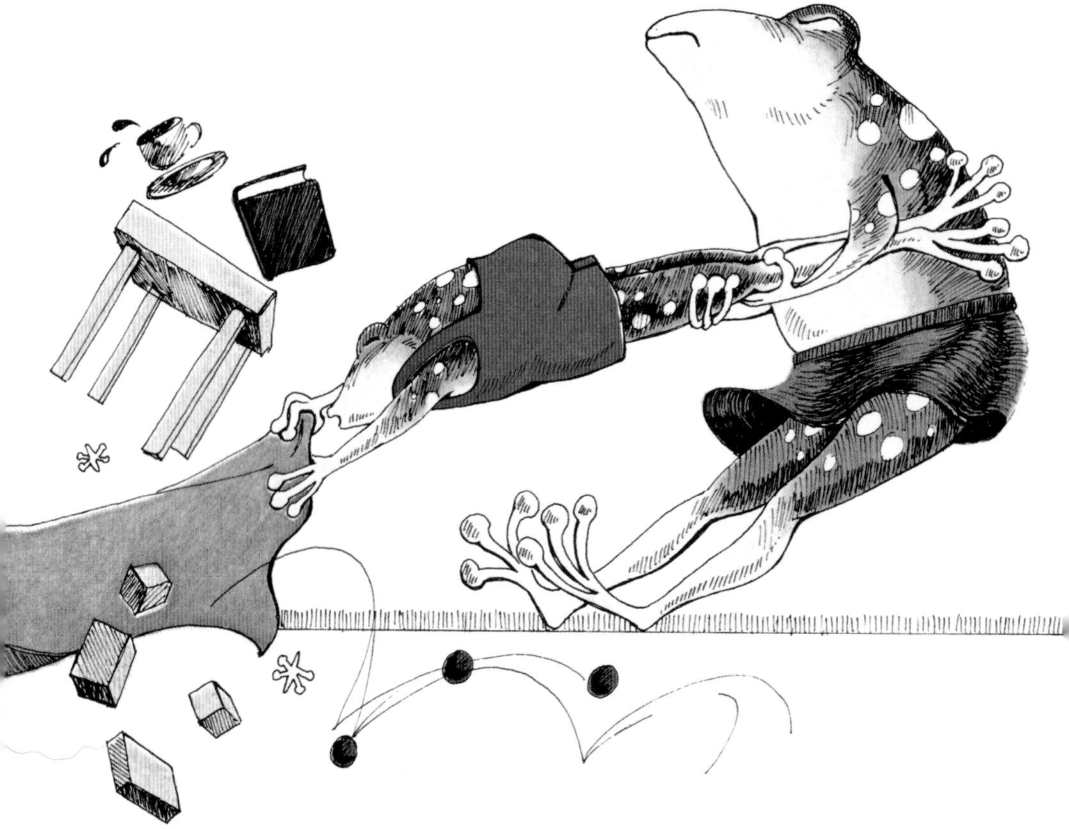

—¡No! ¡No!

—Suéltame.

—Dije que me
sueltes.

—Suéltame, suéltame y vete a la cama.

—¡Sal! ¡Sal! ¡Sal de mi cabeza!

¡Clic!

—¡Oh, no! ¡Joe, ven acá!

—¡Sal! ¡Sal de dondequiera que estés!

—¡Te veo en el recipiente de galletas!

—Es hora de ir a la cama
—dijo la niñera.

—No —dijo Joe.

—¡No! ¡No!

—Joe, Joe... —dijo la niñera—,
¿por qué no te vas a la cama?

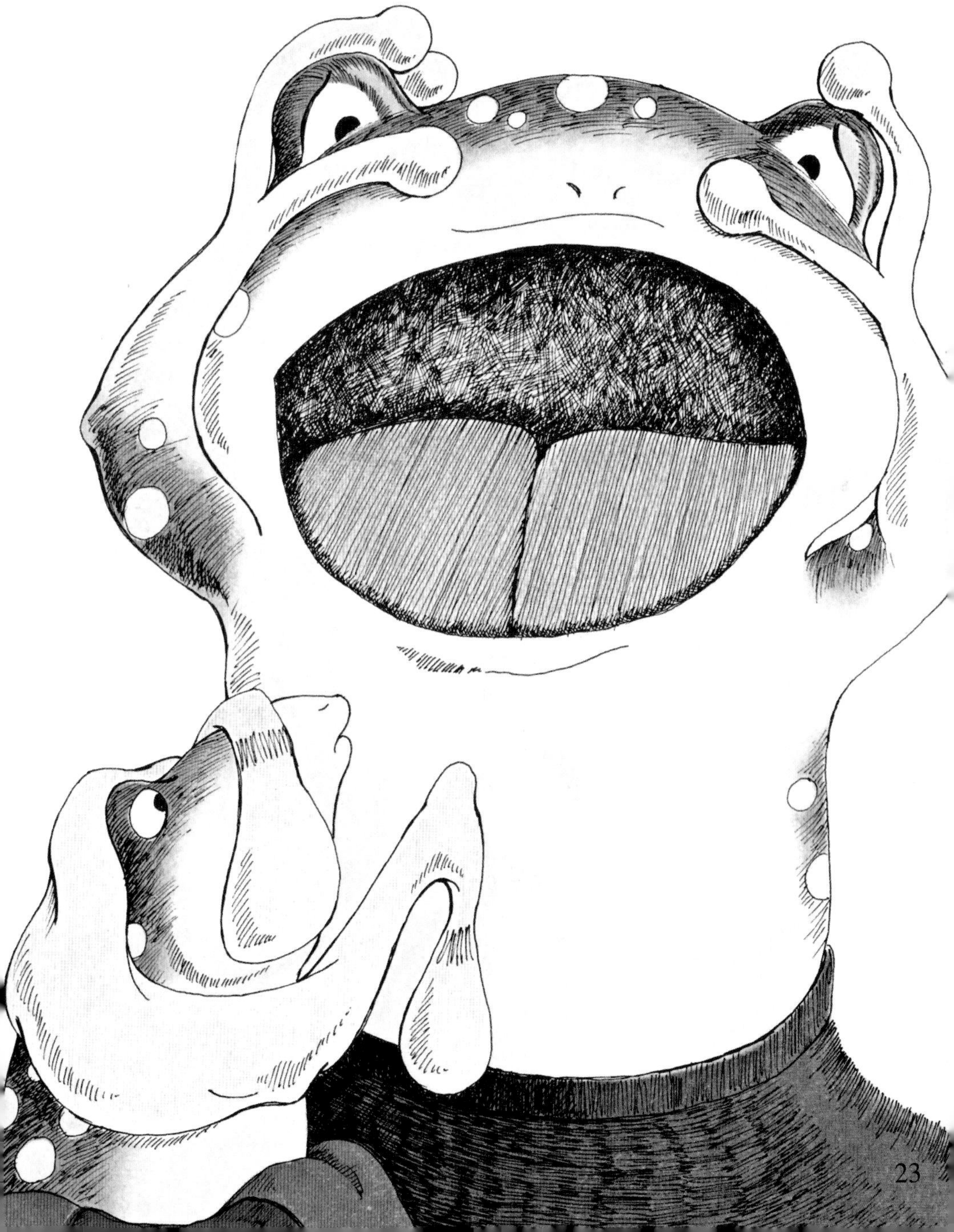

—Porque no me dijiste «por favor»
—le dijo Joe.

—Por favor, Joe, vete a la cama.

Y Joe se fue.

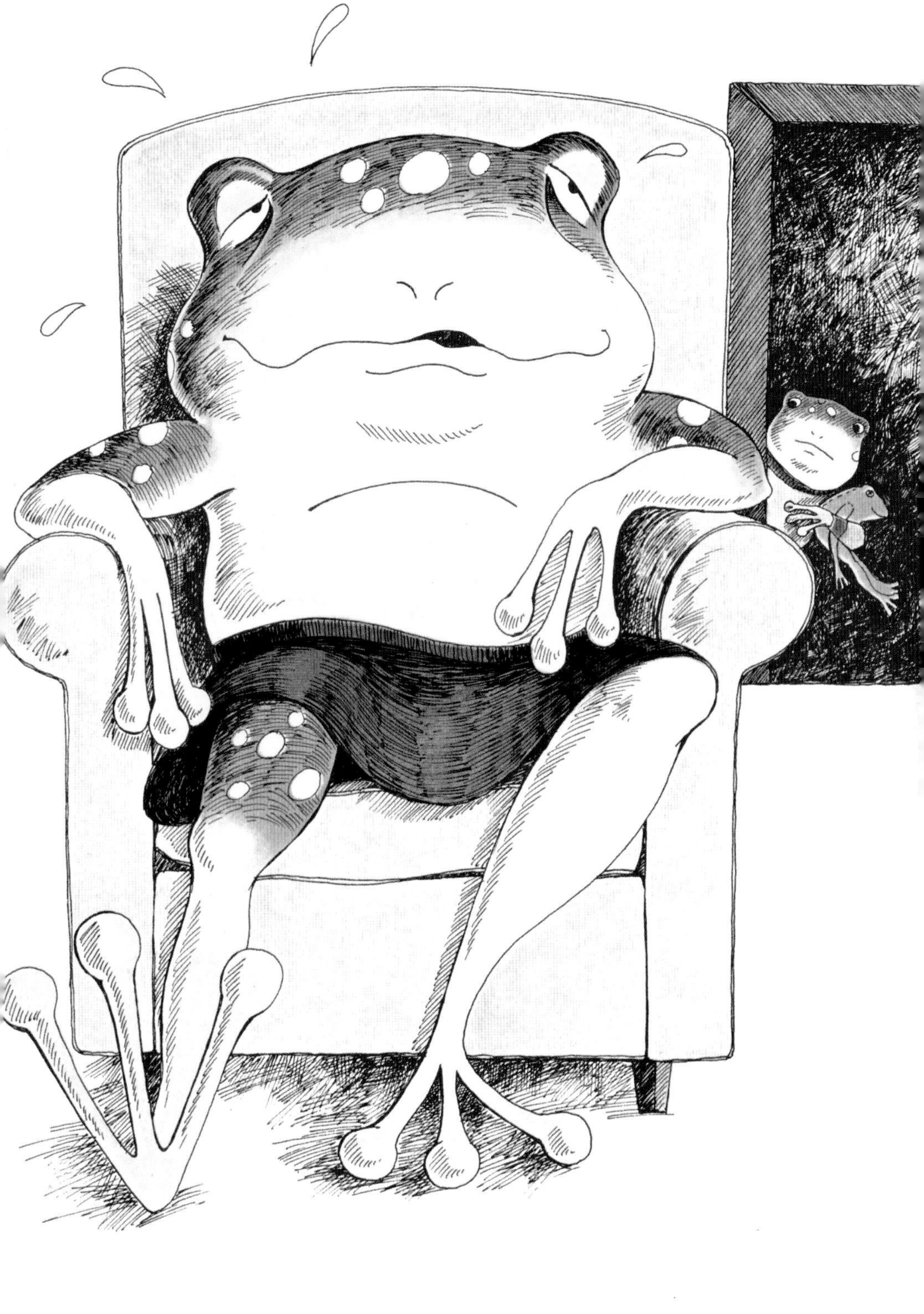

—Te olvidaste de decirme «gracias».